CLAIRE BRETECHER

Frustrés 5

ISBN : 2 - 266 - 01934 - 1

COURIR

Cent mètres
contre le tabac
Cent mètres
contre l'alcool

cent mètres contre les graisses cuites

cent mètres contre la violence
Allez... encore cent mètres uniquement pour le plaisir...
BRETÉCHER

PAS Ā PAS

Piotr Barychneiev
dans un extrait de "Walking in the
chorégraphie d'Alvin Cunningley
au Centre Américain du Loroux-Bottera
Jusqu'au 15 novembre
BRETECHER

GRAS-DOUBLE

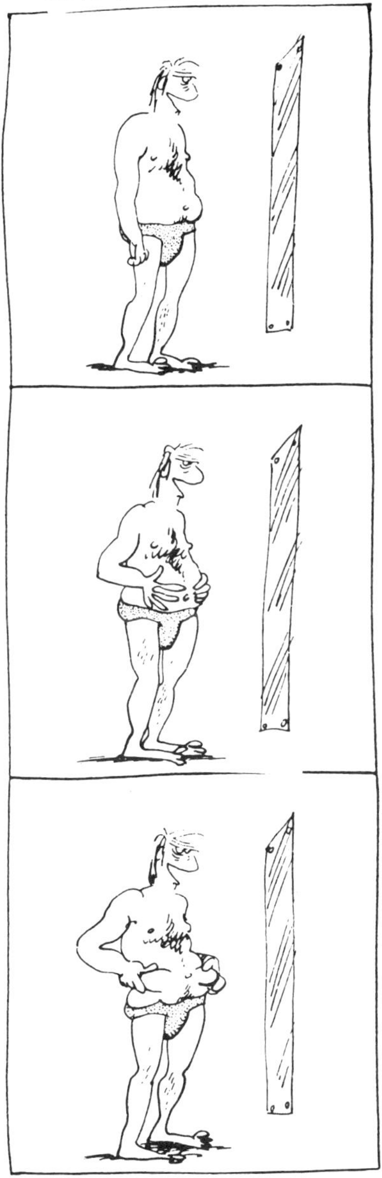

je ne peux pas voir ce mec
il est gras il est mou il est chauve je le hais
meu non
il est tout à fait beau et sain

juste un peu enveloppé, du plein la main
comme on aime
je ne veux pas être aimé pour mon corps !
BRETÉCHER

SANTÉ ET BEAUTÉ PLASTIQUE DE LA FEMME

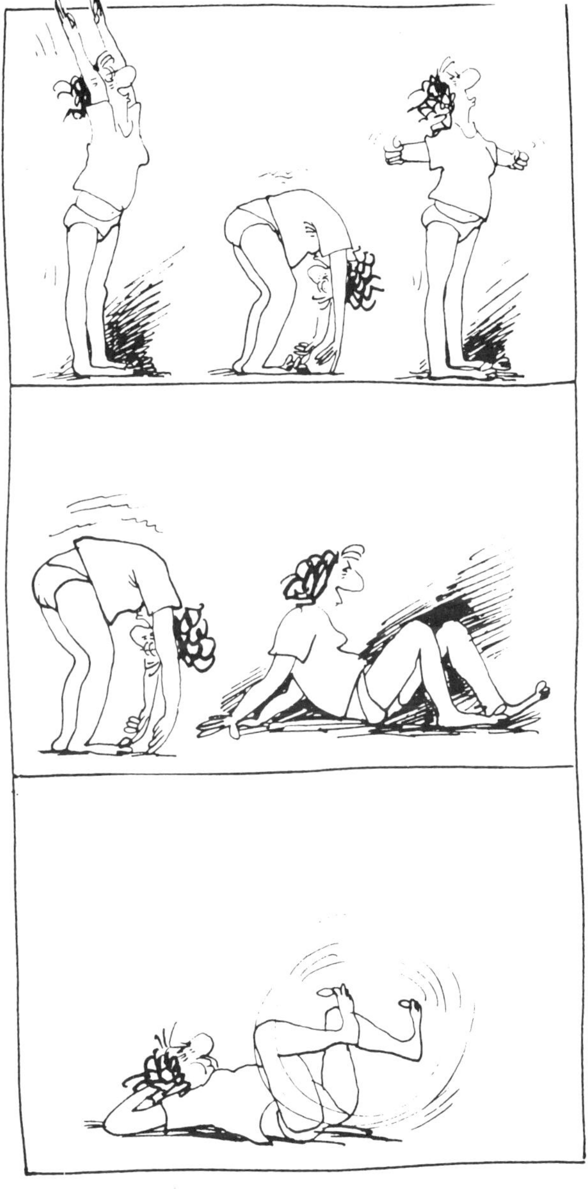

BRETÉCHER

RÉCONFORT

ils me prennent tous pour un con dans la classe
pourquoi tu dis ça ?
ils le disent pas ouvertement mais je sais qu'ils le pensent d'ailleurs je m'en fous
je vois pas pourquoi ils penseraient que t'es con
t'es bon en tout y a aucune raison pour qu'ils pensent que t'es con
ça a rien à voir

ils me prennent pour un con parce que je dis jamais rien mais ce qu'ils savent pas c'est que si je parle pas c'est que je les trouve tous cons
ouais
leurs histoires à la con m'intéressent pas c'est tout - j'ai rien à leur dire
ouais mais ça justement c'est parce que t'es vachté intelligent
ils se rendent pas compte qu'ils sont cons alors ça les dérange pas de dire des conneries je veux dire tu comprends ils sont in... imbibés
inhibés oui

peut-être que parce que t'es plus intelligent tu te sens différent alors t'as du mal à communiquer au niveau de la relation
chais pas
peut-être que t'es surdoué tout simplement
meuh!
tiens par exemple je suis sûr que ça les fait marrer que tu partes avec moi
je vois pas pourquoi

on prend le même bus et puis je te trouve sympa
tu me trouves sympa?
ben ouais
ouais?
ça va pas!
t'es con ou quoi?
BRETECHER

L'AMOUR DE L'ART

je vais te dire quelque chose que je n'ai jamais dit à personne
l'Art ça me gonfle, ça m'a toujours gonflé

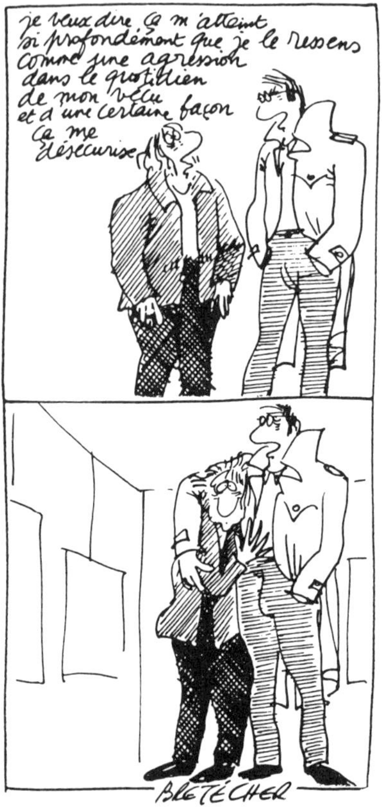
je veux dire ça m'atteint
si profondément que je le ressens
comme une agression
dans le quotidien
de mon vécu
et d'une certaine façon
ça me
désécurise
BRETÉCHER

LE FIANCÉ

bonsoir chou-genou-joujou à sa Guiguitte en or !
qu'est ce qu'il y a ?
rien

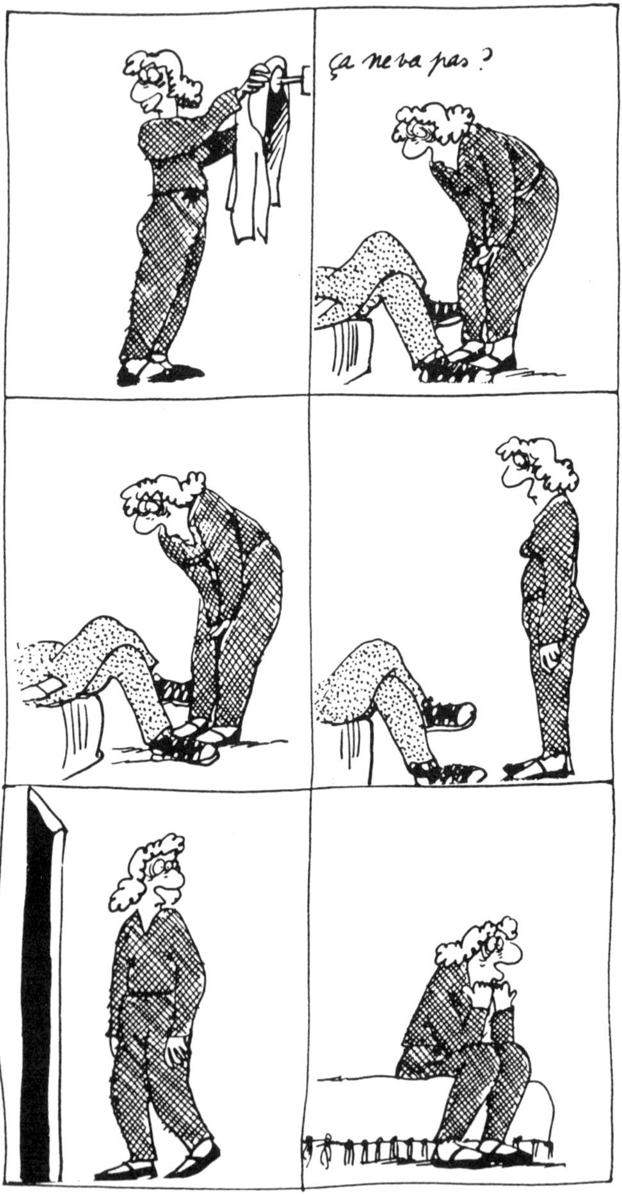
ça ne va pas ?

pourquoi tu ne veux pas me dire ce que tu as?
parce que je ne veux pas te miner avec mes problèmes
BRETÉCHER

SALLE COMMUNE
je me demande
comment tu peux
supporter quelqu'un
d'aussi malade
que moi
le plus grand
maniaco-dépressif du siècle,
un complet schizo
à la limite
il y a des moments
où je me sens tellement
enfermé en moi-même,
tellement miné
de l'intérieur...

c'est comme si il y avait
un moi qui hurle
dans ma tête et un autre
qui essaie de se conduire
normalement
celui qui hurle
l'autre l'entend sans cesse,
pour ça il n'y a pas
de boules Quies
parfois il se tait,
et je me dis que c'est
pour toujours et puis
il recommence plus fort
et plus longtemps
qu'avant

tout ça dans
une solitude, une angoisse,
un malheur d'exister
que tu ne peux pas
imaginer
toujours celui-là
qui se débat
et l'autre
qui demande
pourquoi
c'est lié à cette
difficulté de créér que j'ai,
ça c'est mon problème
personne ne peut
le résoudre

je suis un fou suicidaire qui marche sur un fil voilà
si je vivais seul je sais que je pourrais basculer volontairement d'une minute à l'autre
peut-être que tu es mon balancier
BRETECHER

DUO SUR CANAPÉ

on est mal vautré
t'avais qu'à l'acheter toi-même merde !
j'ai rien demandé moi ; je m'en fous de ce canapé... le vieux me convenait parfaitement
il était dégueu, t'avais renversé du rouge dessus
oui mais je t'avais dit de mettre du sel
t'avais qu'à le faire

y a pas une goutte de whiskey qui traînerait ici ?
t'as qu'à te le chercher
Comprends-moi bien, je n'ai rien contre le fait d'acheter un canapé j'ai contre le fait qu'il soit salissant et inconfortable
c'est la dernière fois que je m'occupe de quoi que ce soit dans cette baraque pourrie
après tout on peut probablemant l'échanger ou quelque chose
t'as qu'à téléphoner

numero?
att...
faut mettre du poivre
BRETÉCHER

Ecriture

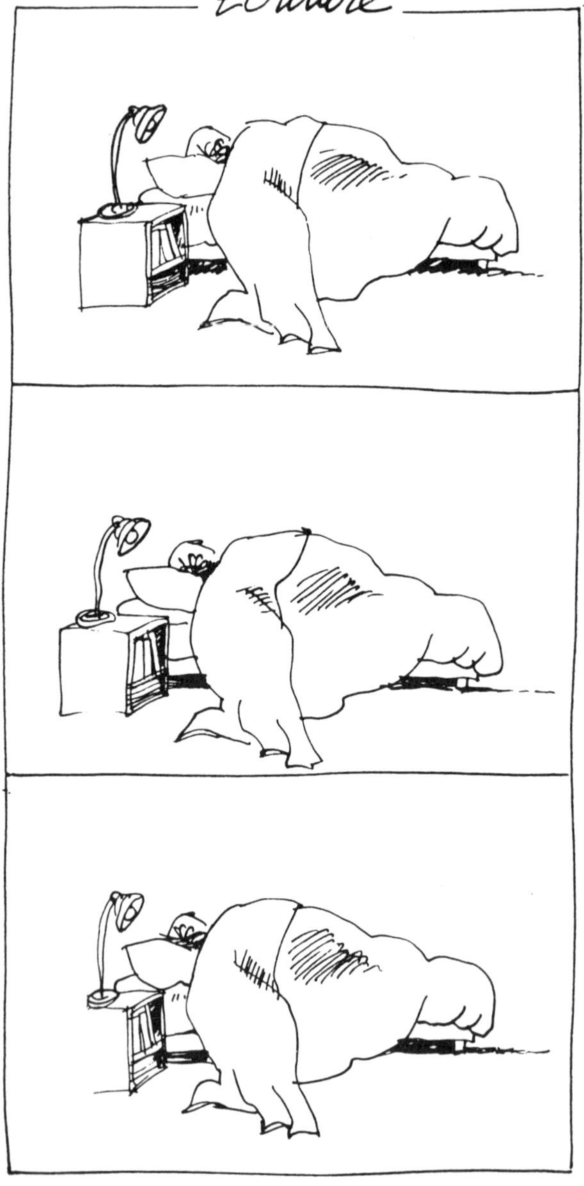

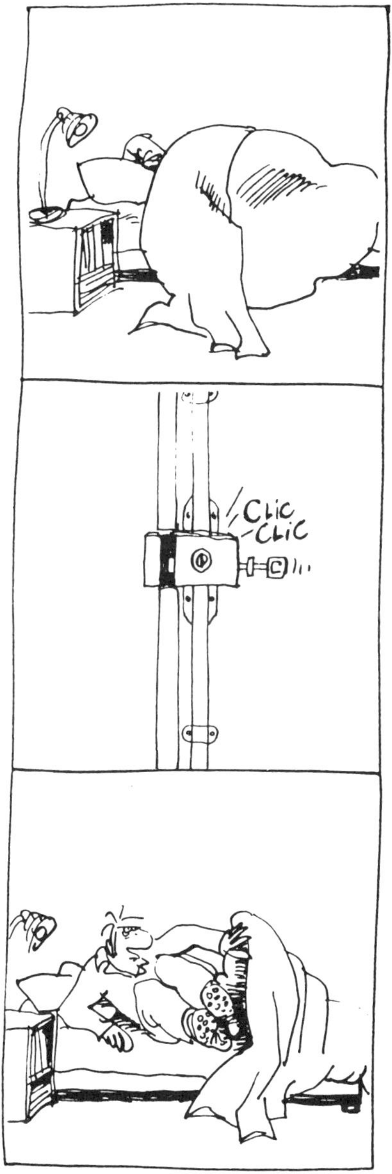
CLIC
CLIC

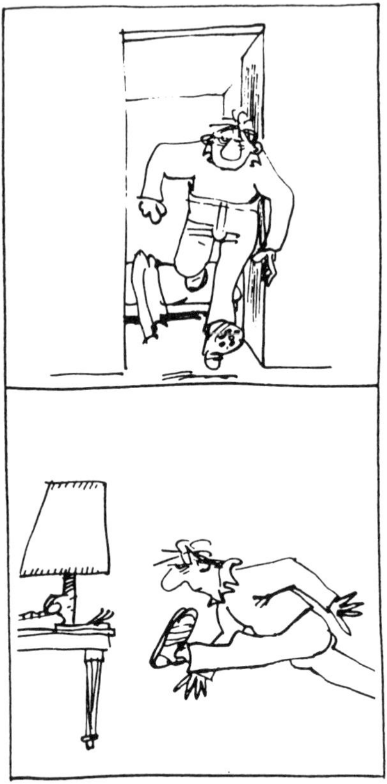

BRETECHER

PAPA
LE SOMMEIL
DE
L'ÉCRIT

SEULE DANS LA NUIT

est-ce qu'ils s'intéressent vraiment à ce qu'ils disent ? si oui comment font-ils ?
j'ai mis une heure à me ravaler la pomme et maintenant j'ai plus qu'une envie : être dans mon lit avec une soupe à regarder la télé
en même temps si j'étais dans mon lit à regarder la télé je serais déprimée je le sais

Je ferais bien un effort mais chais pas quoi leur dire... il faudrait d'abord qu'on ait un langage commun...
GURGLE GARGLE GORGL
BRETECHER

LE DROIT À L'ERREUR
ce débat mondain entre vieux collabos et ex-staliniens m'a énervée quand on pense que...
ah non please!
moi la collaboration je sais ce que c'est, j'en étais alors je n'ai pas envie d'entendre une fois de plus des conneries à ce sujet
quant au stalinisme mimine ça me gêne de vous entendre en parler... ça va encore être n'importe quoi... moi j'ai été stalinien pendant des années alors tu permets
légère erreur entre autres

mais en mai soixante...
ne fais pas dévier la converse sur l'Algérie toi... je suis le premier à reconnaître que j'ai été trompé par conséquent excusez-moi je suis le seul dans cette pièce à pouvoir ouvrir la bouche là-dessus
en mai 68 j'étais à la Sorbonne tous les soirs. tu veux un cours sur la question coco ? d'ailleurs j'ai été maoïste avant tout le monde, sur Mao je peux écrire six tomes, et qui ne feraient pas plaisir à tous les copains
laisse tomber, avec lui t'auras jamais raison ! Dis donc, tu as vu cette salade à propos de "Détective" ?
alors là les filles je vous arrête tout de suite

Pas la peine d'entonner le couplet... moi j'ai été un phallocrate invétéré toute ma vie, alors question féminisme je suis un peu branché voyez?
en chaire les gourous qui se gourent!
absolument! quand on n'a pas été impliqué à fond dans une idéologie, je veux dire avec ses tripes, on n'a pas le droit à la parole!
bon, alors de quoi on peut parler des nouveaux romantiques peut-être?
ou alors de nouvelle cuisine

je suis pour les deux
à mort!
BRETÉCHER

MANHATTAN

je suggère d'observer une minute de silence avant de démarrer
complètement d'accord

c'est pas bientôt fini ? je vais exploser
CHHHT ! 10 secondes
moi aussi
TOP
C'EST UN GÉNIE

fou ce qu'on se sent interpellé par le film
complètement génial
c'est tout nous...
je l'ai vu jouer au Michael's Pub il est sublime et génial
moi je suis de Bordeaux et pourtant...
Annie Hall aussi l'état du génie pur
BRETECHER

LIVRET DE FAMILLE

sssiiiiss ! trois mois sous lithium et puis elle a ouvert un salon de thé à la Bastille avec la pension alimentaire de son premier, tu sais le P.D.G pourri ... elle a adopté deux petits tahitiens et elle pète le feu
ça me fait plaisir
mais je t'ai interrompu à propos des enfants
oui, alors le petit bon... Sébastien le plus grand c'est moi et Françoise tu te rappelles Françoise ?... a frisé là c'est à elle... elle était enceinte d'un fruits et légumes en gros quand je l'ai connue
le lardon m'a tout de suite branché... son père l'a reconnu mais il s'en fout alors quand Françoise s'est tirée avec ce mexicain camé qui mesurait 1m50 j'ai gardé les deux Sébastien et Blaise

et ça fait pas problème avec...
Célia?... ben c'est à dire Célia elle a une fille de son premier mari: Robert Mauve.. tu l'as connu ce jeté?
Mauve? oui à l'École de commerce de Nantes
papa on s'en va?
Ce qu'il a pu la faire chier!... eh bien maintenant il est avec une arabe... elle était docile et tout et puis elle a viré féministe, il paraît que c'est une hyène! il est couvert de bleus ça me fait une peine!
t'avais dit qu'on allait voir les Bronzés font du ski
Bref, sa fille donc ... et puis le fils qu'elle a eu avec ce comédien flippé qui bouffait que du persil... qu'elle a lourdé quand on a eu le coup de foudre du siècle... le gamin préfère rester avec son père on l'a seulement pour les vacances
tu l'as rencontrée quand Françoise s'est barrée? Célia je veux dire
tu nous as promis!
pédé!

eeee non... j'étais avec une loutte... sympa gentille et tout. j'ai été dégueulasse avec elle mais bon... elle a pas voulu avorter... j'ai reconnu le môme qu'est-ce que tu veux! mais je le vois jamais, chais pas... il me branche pas ce môme... qu'est-ce que tu veux!
tu l'as juré
ouais,
et ils ont le culot de parler de dénatalité!
en fait, tu sais, l'un dans l'autre ça ne fait jamais qu'un ou deux par couple...
alors!
on y va!
remarque toutes ces histoires: Machine avec Machin avec Duchnock avec Trucmuche je suis d'accord que c'est minable c'est grotesque... ça mène à quoi en fin de compte c'est toi et Marie-France qui avez complètement raison
grâce au Ciel. il va y avoir la guerre!
BRETECHER

LE LANGAGE DES FLEURS

tu remarqueras que c'est nous qui refusons... les mecs n'ont rigoureusement rien dit
et qu'est-ce que tu voulais que je dise ? tu détestes qu'on t'offre des fleurs
absolument... ce n'est pas une critique une simple analyse de comportement
tu comprends, nous on ne veut pas de rose mais d'autre part on ne veut pas avoir l'air d'être avec des rats... alors on refuse ostensiblement pour les dédouaner

ça prouve à quel point on est encore dépendantes... à un niveau inconscient je veux dire
attends... je ne te suis pas...
si... écoute : "je ne veux pas de rose" Bon. Ça c'est la partie émergente de ton discours
mais la partie sous-jacente c'est : je ne veux pas que vous pensiez que mon mec me refuse quoi que ce soit je suis une femme comblée (connotation sexuelle évidente)

si j'avais envie d'une rose il m'en offrirait douze, c'est moi qui n'en veux pas... que personne ne s'y trompe
tu as raison... c'est fou ça !
BRETECHER

LE FOSSÉ

mais alors
qu'est-ce qui t'intéresse
dans la vie
tu peux me le dire ?
euaaaaa !
oui je sais
tu te fous de tout...
bosser le moins possible
gagner le plus possible
et qu'on te fasse pas chier
c'est ça ?
booooo !
si tu ne te rends pas compte
que ça c'est justement
un problème politique
c'est très grave !
beuaaaa

et le sexe
ça t'intéresse pas non plus
le sexe
euaaaaa
tu jouis de
toutes les libertés
et tu t'en fous
beueuau...
parle pas
de ça
ça me dégoûte

d'abord
la liberté je m'en fous
je suis contre
l'avortement
je veux
me marier
et avoir
des enfants

t'es dégueulasse de faire croire des conneries à manman
arrête !... elle est ravie ça lui fait un sujet de converse...
si elle savait à quel point je me fous de ce que je pense c'est là qu'elle serait minée
BRETÉCHER

MARIE-CLAUDE

regarde-moi Marie-Claude

quand marraine te sort
tu fais la tête
quand tatie Lolo te sort
tu fais la tête
quand je te sors
tu fais la tête
Marie-Claude regarde-moi
Qu'est-ce que tu veux au juste ?
BRETÉCHER

COMME DES IMAGES

JE T'AI DÉJA DIT QUE CE N'EST PAS UNE HISTOIRE VRAIE DAVID SUPERMAN N'EXISTE PAS! BON DIEU MAIS QU'EST-CE QUE TU AS DANS LA TÊTE?
D'AILLEURS JE VAIS CLOUER CETTE PUTAIN DE FENÊTRE UNE FOIS POUR TOUTES...

un infarctus par jour....
facile
et y en a qui veulent rentrer à la maison!
debout sur l'appui de la fenêtre tu te rends compte!
oui, j'ai cru mourir
bon mais je ne peux pas non plus les attacher... enfin je suppose que pour aujourd'hui ils ont donné...
je ne vois vraiment pas ce qu'ils pourraient trouver de pire...
O.K moi aussi, à ce soir

BEUUU WAAA
ah non!
qu'est ce qu'il y a encore? pourquoi es-tu tout nu?
c'est son tour et il veut pas être le juif
BRETÉCHER

CONFESSION

papa
hein qu'il est
pas juif
sébastien ?
hein qu'il est
pas juif
sébastien ?
si
je l'est
oui
il l'est
HA !

voilà!
Pourquoi?
parce que sa maman est juive
c'est quoi juif?
ma maman est juif

c'est une religion
c'est une religion
tu sais même pas ce que ça veut dire
si je sais
et moi?
mais je le dirai pas

ET MOI ?
toi tu es catholique
pourquoi?
parce que ta famille est de religion catholique ne fais pas l'idiot
c'est quoi religion?
t'es cathonique

je te l'ai expliqué cent fois ça suffit maintenant David !
T'ES CATHONIQUE !
c'est çui qui dit qui l'est !
non c'est çui qui dit qui l'est
d'ailleurs je m'en fous moi je crois pas en Dieu
BRETECHER

VINGT MINUTES POUR COMPRENDRE

je pense que les jeunes on a pas de champ ouvert à notre besoin d'action eeee on n'a pas d'idéal bon, la civilisation occidentale est en train de s'écrouler, y a plus de valeurs alors eee y a plus de valeurs...
c'est Edgar qui parle...
alors on se verse un scotch, on se roule un joint, on se fait une ligne de coke
merci Edgar! des appels au standard Max Laurent?
eh bien oui... nous avons à la seconde même 718 appels de jeunes téléspectateurs qui demandent à Edgar le téléphone de son contact pour la co...
MERCI MAX LAURENT! voyons, qui ne s'est pas encore exprimé... Amanda?

Amanda tu as 16 ans tu te drogues et tu bois, pourquoi ?
parce que c'est bon
BRETÉCHER

LE PROCÈS DE REDON

... ensuite de quoi elle a coupé en tranches de 3 à 5 cms d'épaisseur le corps du malheureux et l'a disposé en couches dans une cantine métallique de type militaire, en fait en vente chez Habitat....
avec entre les couches : échalotes hachées sel, poivre muscade et bouquet garni volé dans le parc du voisin le marquis de Keystone-Porée
la malle du crime fut alors placé dans un four à céramique... le lendemain même avait lieu le mariage de la propre fille de la Comtesse...

Laquelle fit servir son mari
en plat de résistance
du repas de noces
Avez-vous encore faim messieurs ?
Ça craint sec!
faudrait voir à la raccourcir
si j'ai un conseil
à vous donner
ne nous
énervons pas
et faisons entrer
le premier
témoin
Agnès de Rochambol Ben Menouar
épouse Francheteau

jurez de dire la vérité
toute la vérité
rien que la vérité
levez la main droite
et crachez votre
chewing-gum
avez-vous jamais
été témoin de disputes
entre vos nobles parents ?
non monsieur
le Président
pourtant
les voisins disent
avoir entendu
des éclats de voix ?
oui mais ce n'étaient pas
vraiment des disputes...
maman disait à papa : "vous
n'êtes qu'un salaud d'enculé
de métèque" et elle essayait
de le noyer
dans l'évier
de l'office...
Continuez...

papa répondait : "j'ai pas l'habitude qu'une connasse de gonzesse me cause sur ce ton !" et il essayait de la détruire en la cognant avec des bouteilles de Haig
pas de publicité s'il vous plaît, la Cour vous remercie... faites entrer le second témoin
Le Bihan-Penrose Alain-Auguste
C'ÉTAIT DE LA LÉGITIME DÉFENSE !

Elle l'a pris pour le chat du jardinier monsieur le Président, je le sais car c'est moi qui lui ai passé la pince à ongles, vous en auriez fait autant
Alain-Auguste mon amour je l'ai fait pour toi tu le sais
pour que nous puissions nous aimer dans la légalité on ne divorce pas dans la famille...

pas de sentiments élevés
à l'audiance, ça fait gerber
le Président
sentiments élevés mon cul !
Vous oubliez seulement
de signaler maman
que vous lui faisiez
payer 50 balles
le droit de me sauter
sur votre coiffeuse
en merisier
attention
vous allez
faire
re-gerber
le...
au contraire...
j'aime quand
c'est turpide

elle essaie d'accabler sa propre mère monsieur le Président vous vous rendez compte cette salope ! d'ailleurs on sort du sujet
pas du tout, nous pataugeons admirablement dans la lie et la fange... faites entrer le dernier témoin, j'espère qu'il est juteux
joseph le Guinaouek y Pontevedra

monsieur le Président
cette personne ne mérite
aucune pitié
car elle a
un mauvais fond..
nous voulons des faits... gardez vos opinions par devers vous
elle a un mauvais fond
et j'ai pas peur de le dire,
la preuve, quand elle tapinait
pour moi j'avais beau
lui foutre des beignes
elle gardait toujours
du pognon pour acheter
des pains
au chocolat
Jo
tu me
crucifies
... qu'elle distribuait
ensuite à ses pauvres...

je te les rendrai jusqu'au dernier Jo, j'ai de la mentalité pour toi j'irai jusqu'à me faire le marquis de Dran-Branché
c'est pas pour les pains c'est pour le principe
RROOÏIRKK
RROOÏIRK
RRROOC

faut que tu dises ce que tu en penses Robert...
regarde, j'ai un truc bizarre là... autour de l'ongle...
c'est une mycose, il faut mettre une pommade antifongique... mais qu'est-ce que tu penses pour l'accusée je veux dire?

Je t'ai déjà dit : y a qu'à la descendre. Qu'est-ce qu'elle a fait, c'est grave, il y a des preuves ?
tu es d'un chiant à ne jamais lire les dossiers
BON !
messieurs les jurés connaissez-vous celle qu'on peut faire passer à vos yeux pour un monstre sanguinaire ?
eh bien je vais vous la faire mieux connaître

...élevé par une nurse jusqu'à l'âge de 6 ans, par les Ursulines de Jésus jusqu'à 16...
...cours de piano, de tennis, d'équitation, de golf... séjours réguliers à l'étranger...
.. à 22 ans mariage d'amour avec un brillant officier de cavalerie : le Comte de Rochambol Ben Menouar

bientôt deux enfants blonds et bouclés dans le charmant château de famille...
alors mesdames, messieurs les jurés, vous qui avez eu des enfances et des jeunesses à chier, vous qui avez été élevés à coup de pompes dans le cul, resterez-vous insensibles au passé de cette femme ?
et ce n'est pas tout :
j'ai l'impression que l'ongle de l'index est attaqué aussi regarde...
tu m'agaces

car savez-vous le prénom de la personne que la fille de Marie-Françoise a épousé le 11 juin 78 ? eh bien je vais vous le dire :
MARIE-CHARLOTTE
DAMN IT Lolotte, on est repérées !

they are cracking !
Agnès de Kochanbol a donc épousé une femme en abusant de la crédulité d'un adjoint au maire myope et ceci avec le consentement de son père...
Parfaitement ! Papa disait : "j'aime autant qu'elle soit gouine que pute comme sa mère"

Quand vous saurez en outre que ma cliente, cette femme brisée par les contrariétés garde intacte sa passion pour les animaux au point que par amour pour son chien Douglas...
elle a envoyé à l'hosto pour trois semaines avec un fort traumatisme crânien sa propre mère qui avait seulement dit : "Cet animal pue !"
et quand vous saurez que le 7 avril 77 elle est allée déposer un Rocher Suchard sur la tombe du Président Pompidou à Orvilliers alors...

Au nom du droit des femmes à s'exprimer et pour cet animal confiant qui compte sur sa maîtresse...
CET ANIMAL CONFIANT QUI COMPTE SUR SA MAÎTRESSE !
PINCE
Vous aurez à coeur d'acquitter Marie-Françoise de Rochambol Ben Menouar et vous allez le faire !

mon Dieu Douglas, vous ici, est-ce possible!
LE JURY VA DÉLIBÉRER
LE JURY A DÉLIBÉRÉ

À l'unanimité le jury déclare que la comtesse en question n'a pas tué son mari en tous cas on fait comme si !
BRETÉCHER

PÉRIPHÉLITE

des parasites... gagnent du fric sans rien produire excepté du vent et de l'autosatisfaction ils me font gerber...
ben ou... enfin ils font vivre l'édition, ils font vivre la presse, le cinema, chais pas... qu'est-ce que tu veux!...
ARRÊTE!
Je ne parle pas pour vous mais ces gens-là tuent la création, ils étouffent tout semblant de vie de l'esprit avec leur ronronnement suffisant

je ne dis pas qu'il n'y a pas des choses intéressantes, de temps en temps... ton livre par exemple, moi personnellement je le trouve très bon; même si ce n'est pas de l'écriture si on veut ça fonctionne
je trouve
mais il faut quand même savoir qu'il y a des gens qui vont au boulot sans faire de cinéma, qui s'expriment pas à la télé et qui ne sont pas plus bête que les autres
je vous jure quand on voit ça, je devrais dire quand on subit ça de l'extérieur on a vraiment envie de donner un coup de pied dans la fourmilière

cela dit...
... au risque de vous faire sourire je vous signale que nous aussi à Clermont nous avons notre petit milieu de snobs intellectuels merdeux
BRETÉCHER

MIMI-LA-CHANCE

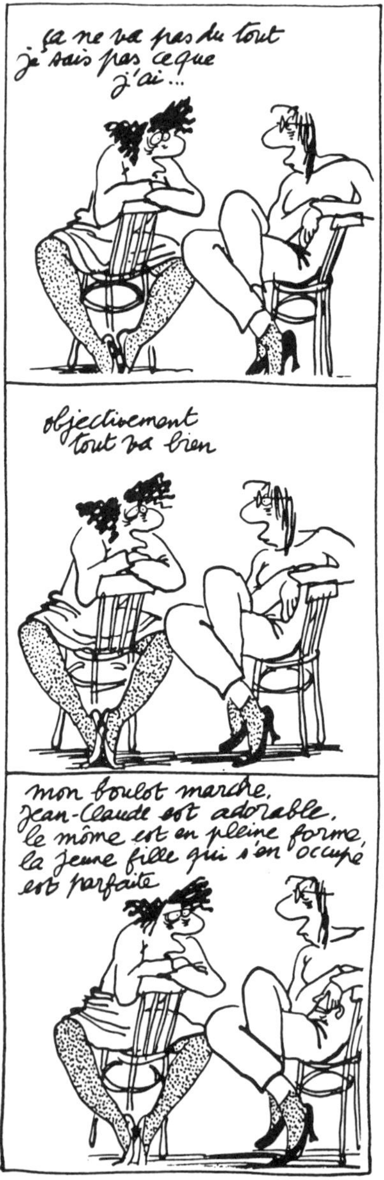

mais ça va pas... je sais pas ce que j'ai... je suis dans un état lamantable
c'est peut-être le foie
je sais pas tout le monde m'ennuie tout est nul et je me hais
on n'a pas de problème d'argent on a des copains on sort souvent je comprends pas
c'est peut-être le temps

je suis pas vraiment déprimée, c'est plutôt une sorte de manque d'intérêt généralisé
tu as peut-être Saturne en Scorpion
je sais pas, tiens dans 8 jours on va à Marrakech ben j'ai même pas envie de partir
ça va pas ça va pas je sais pas ce que j'ai

et toi ça va ?
non
mais je sais pourquoi : mon chômage s'arrête et je trouve pas de boulot mon studio est trop petit et j'ai pas de fric pour en changer, je ne trouve pas de mec et j'en ai marre d'être seule...
tais-toi tu m'achèves
BRETÉCHER

LES AUTONOMES

bon, on essaiera donc de vous faire dire un maximum de stupidités en un minimum de temps et en général on y arrivera
je veux dire c'est normal puisqu'on exigera de vous que vous ayiez des opinions sur tout ce qui bien entendu est grotesque à court terme
et à long terme fait, disons, fonctionner un système de récupération terriblement efficace

j'entends que, bon, la pression de l'idéologie dominante véhiculée par la télé est si forte qu'il se produit disons une sorte de glissement
de sorte que, bon, je veux dire que disons vous ne contrôlez plus votre discours du fait qu'en fait vous êtes complètement programmé
alors que dans votre travail vous maîtrisez tout de A à Z, là, tout à coup vous ne maîtrisez ni l'image ni l'éclairage ni le cadrage ni a fortiori le rythme...
GRAT

disons
vous n'avez plus aucun libre arbitre, - vous êtes manipulé à mort
je veux dire
alors bon, la seule défense c'est le refus, le refus, le refus
merci Xavier Mongron, je rappelle le titre de votre livre "LE REFUS DES MEDIA" aux nouvelles éditions Lemercier
LE REFUS DES MEDIA
BRETECHER

PEUR SUR LA VILLE

BRETECHER

QUE MA JOIE DEMEURE

... Bien sûr j'ai rencontré des gens prodigieux, de fabuleux créateurs ... oh, un peu partout ... j'ai beaucoup voyagé ... c'était inévitable dans mon métier et j'ai toujours été passionnée par les gens fascinants
Non, je ne me suis jamais trouvée vraiment belle, je veux dire ce qui s'appelle belle. Bon, je ne suis pas mal mais il y a des jours où devant mon miroir il m'est arrivé de me dire : "ma pauvre fille tu n'es pas formidable" mais je crois que l'important c'est l'expression ... c'est d'être vivante
Non je trouve la célébrité parfaitement supportable ... à condition bien sûr de ne pas se laisser manger (j'allais dire "bouffer") ... il faut avoir son jardin secret et pour moi la priorité absolue a toujours été ma vie privée ...

Georges (je dis Georges parce que pour moi il est Georges) est un homme merveilleux... très droit, très bon... un homme de qualité.... parfois un tout petit peu jaloux... hé, quand on aime!
–Je me suis efforcée d'être à ses côtés le plus souvent possible... même surtout dans les difficultés qui d'ailleurs, je le crois, nous ont rapprochés; oui... je pense avoir une petite part dans la réussite de sa carrière...
J'ai la chance d'être très proche de mes filles... nous sommes de vraies amies; de mon fils aussi bien sûr encore qu'il voyage beaucoup du fait de ses responsabilités... Enfin!.. nous retrouver tous réunis dans notre grande maison de Maubuisson est toujours une grande fête pleine de fous-rires...

tant de gens se plaignent de leurs enfants, moi j'ai eu de la chance... il faut dire qu'au risque de paraître démodée j'attache une grande importance à l'éducation... cela dit je confesse une faiblesse ridicule vis-à-vis de mes petits-enfants.
oui, justement : nous venons d'avoir une petite Samantha
Quand je pense à la vie dure, pénible que mènent tant de gens... tous ces métiers ennuyeux, les trajets épuisants, les soucis financiers, oui, je me dis sans cesse : "tu es une privilégiée"
je considère que j'ai eu, que j'ai une vie merveilleuse
BRETECHER

PRÊT À P

BRETECHER

LES POTS

BRETÉCHER

LE RETOUR DES CENDRES

DRING
TRUMF

BRETECHER

LE RÉVEILLON DE GUIGUITTE

1978

ZZZZZ
BRETECHER

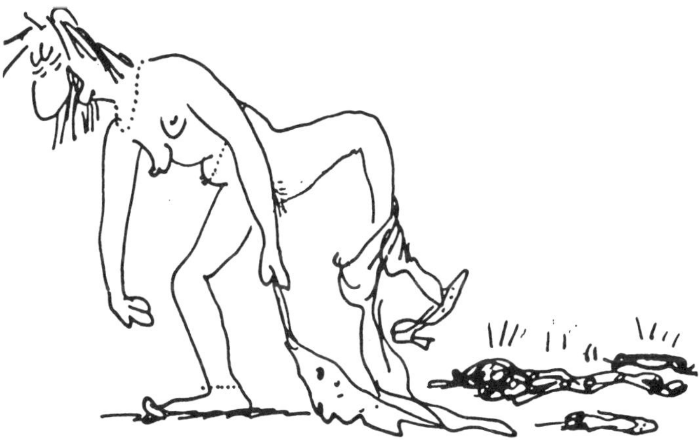

LES VOILÉES

je vais au Palace manman, je rentre pas tard
tu devrais enlever ce tchador man. tu es rentrée à Paris... c'est fini maintenant

y a pas de quoi
en faire une pendule
t'as qu'à plus
y penser
ça a été une terrible
humiliation tu sais
Marie-Bénédicte...
ben
oui
..on met ces tchadors
pour faire comme tout
le monde... pour pas
être violées... pour pas
choquer... chais pas...
pour lui
faire
plaisir
ben
oui

et lui il nous regarde même pas... il nous parle même pas on n'existe pas
c'est con
faire partie de l'intelligentsia du féminisme européen... avoir une maîtrise de philo, 8 ans d'analyse, 2 romans 3 essais, des articles dans le Monde, 10 ans de militantisme
et être traitée comme une femme arabe...

eh bien c'est curieux je veux dire
je me sens plus solidaire
de ces femmes maintenant...
oui... plus proche
de leur mentalité...
de leur vécu
quotidien
bon
j'y vais maintenant
les copains m'attendent
tu sors?
oui je te l'ai dit
je vais au...

mets ton tchador
salope !
BRETECHER

GÉLULES

tu es sûre que tu me la donnes cette veste ?
absolument. je ne la mets plus
t'es vachté sympa
ça me fait plaisir que tu la portes
ah ! très possible qu'il y ait un kleenex douteux dans la poche

il y a ça

tu aimes toujours autant les médicaments on dirait
qui moi?
tout ça date de quand j'étais si mal foutue tu sais... qu'on savait pas si j'avais une hépatite
maintenant j'en prends plus du tout

ah ça je connais... très bon contre le mal le tête
tu aimes?
attends
maintenant ils le font en formule suractivée, une vraie splendeur
BRETÉCHER

VIRAGE

Ça y est... mon projet de dramatique est presque accepté
génial !
tu tombes bien, on vient de me livrer ma machine à laver et je me bats avec la notice
l'assistant de Chapuis est très intéressé
il dit qu'on peut commencer à tourner dans trois mois
explique-moi les foutues sélections de programme toi qui es habituée

Je veux juste laver mes serviettes de toilette, mes tee-shirts et mes smalls tu crois qu'il faut mettre à prélavage
Je dois juste re-travailler 2 ou 3 petites choses avec lui... demain on déjeune
Ça veut dire quoi "essorage court"? tant pis je me lance...
C'est normal que ça vibre autant?

ça fait plaisir de voir, à quel point tu t'intéresse à ce qui est le plus important pour moi
tu es gonflée
qui est ce qui t'a poussée à sortir de ta cuisine, qui est ce qui t'a fait rencontrer des gens, qui t'a pris des rencarts ?
je suis moite de reconnaissance
écoute, depuis des années je rêve de m'amuser avec des gadgets ménagers
mais tu as été trop absorbée par ta fabuleuse carrière
toi

alors ton scenar est accepté c'est merveilleux
on pense à Miou-Miou pour le rôle de Priscille qu'est-ce que tu en dis?
vite quoi faire?...
je crois que j'ai mis le détergent dans la boîte à adoucissant
BRETECHER

LES PERFOREUSES

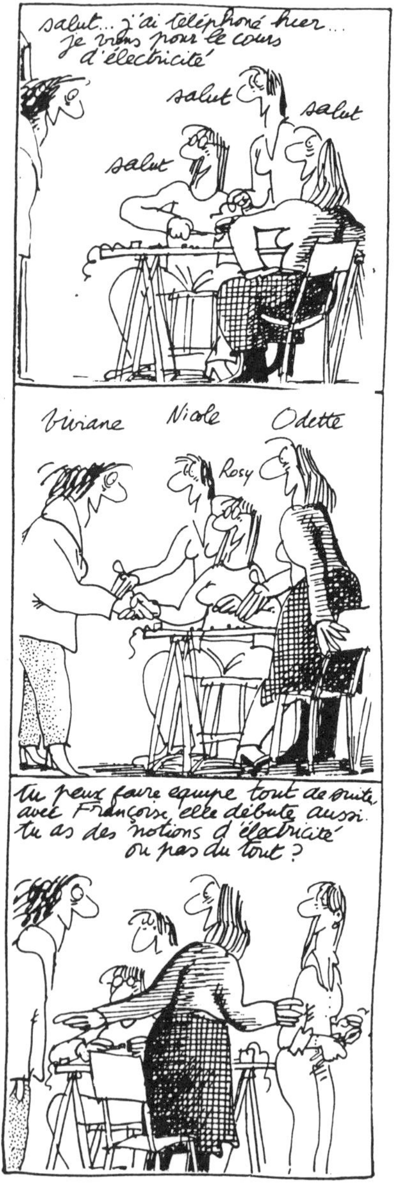
salut... j'ai téléphoné hier... je viens pour le cours d'électricité
salut
salut
salut
Viviane
Nicole
Odette
Rosy
tu peux faire équipe tout de suite avec Françoise, elle débute aussi.
tu as des notions d'électricité ou pas du tout ?

Tu parles !... Je suis nulle... tout juste capable de distinguer une prise mâle d'une prise femelle

Je veux dire...
Je disais ça...
c'est pas la question de...
je... j'ai laissé mon solex
en double file
BRETECHER

FROTTIS

tu as vu Jacques récemment?
je me fais un mouron! comment va-t-il?
bien
je voudrais tellement qu'il s'en sorte... évidemment je suis la dernière personne à pouvoir l'aider!
eh
il y a des moments où j'ai vraiment envie de le voir mais je sais qu'il ne faut pas... après il est dans un état!
et toi ça va avec Tom?

oh moi, un rêve!
non je veux dire pour Jacques je ne souhaite qu'une chose c'est qu'il se retrouve une nana sympa le plus vite possible. y a que comme ça qu'on pourra retrouver des rapports cool
je crois qu'il a une nana
et même plusieurs à ce qu'il paraît.. le mega défoulement mais il lui faut l'AAAmour tu le connais
oh il est venu diner plusieurs fois avec la même... ca a l'air d'aller
tu parles d'Estelle?

tu la connais?
enfin c'est une copine de copains
je suis au courant qu'il a un petit truc avec elle, tu crois que ça va très loin?
oh je sais pas ils habitent ensemble... enfin ils veulent un môme
OUAH Jacques un môme!
moi je dis ce qu'ils m'ont dit
elle est comment?
oh tu sais moi je ne fais pas très attention... disons une belle grande brune bien roulée, marrante

Vous faites quoi cet été ?
BRETECHER

LES FEUX DE LA NUIT

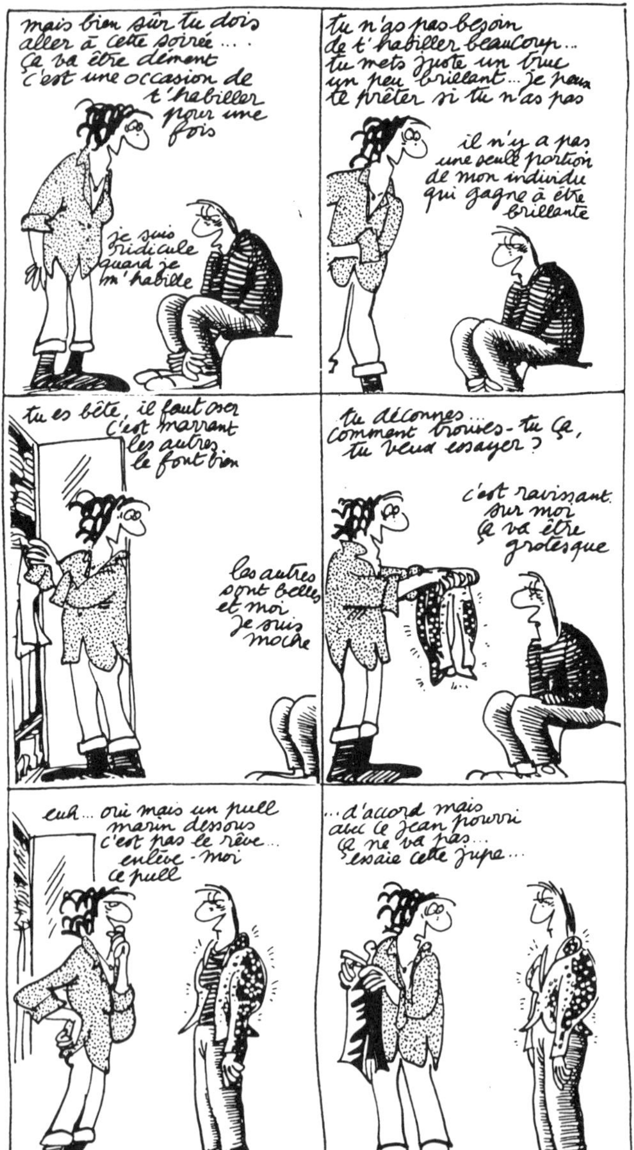

bon mais les baskets cassent le climat, il faut des pompes un peu plus...
la coiffure, je ne sais pas... il faut l'étoffer
attends... le problème est peut-être au niveau de la jupe... je veux dire qu'avec un collant en satin...
Collant en satin mon cul! Je suis grotesque de nature c'est tout! Je l'ai toujours su
attention à mon tambourin

tu n'es pas grotesque du tout mais tu rentres les épaules, tu sors le ventre et tu as l'air de revenir d'enterrer ta grand'mère
oui et ceux qui ne sont pas contents j'les emmerde et j'en ai rien à foutre de briller dans les salons!
une fois de plus j'aurais mieux fait de fermer ma gueule
il paraît qu'il y a un concert Olivier Messiaen sublime samedi à la cathédrale
BRETECHER

LE VÉCU DE L'ÉCRIT

c'est la merde mimine... il n'y a que toi qui puisse m'aider!
allons, ce n'est pas grave au moins ?

qu'est ce qui te prend,
tu deviens
dingue ?
je suis désolée
mais aussi tu exagères !...
après 15 ans d'amitié sans tache
explique-toi
Marie-Cécile

BOUHOU
tu ne te rends pas compte je dois rendre mon autobiographie à l'éditeur dans trois jours et je suis bloquée sur le dernier chapitre...
le chapitre sur mon expérience homosexuelle, je n'arrive pas à l'écrire parce que je n'ai aucune expérience homosexuelle
alors j'ai pensé que comme tu es une vraie copine
tu aurais pu t'expliquer d'abord...
Je pensais que ça enlèverait la spontanéité... alors c'est d'accord?
non
ça m'emmerde!
parce que tu crois que moi, ça m'amuse?

t'as qu'à demander à Raymonde
Cette vieille gouine!
J'ai une idée: "Bernard" tu l'aimais bien Bernard!
qu'est-ce qu'il vient faire là-dedans ton mari?
tu sais que quand il m'a quittée pour Jean-Paul il est devenu une vraie folle... eh bien devine ce que j'ai appris récemment
il aime de nouveau les femmes mais dans un autre esprit... parfaitement: il est devenu lesbienne
ah?
et fanatique tu sais... pure et dure! les femmes qui couchent avec les hommes ça le dégoûte...
allo Bernard? dis donc j'ai un service à te demander tu sais Marie-Cécile... oui... elle a un problème d'expression je sais que tu peux l'aider... si si... fais ça pour moi oui elle t'expliquera merci vieille garce... tchao!

Ça va être impeccable... Je peux pas mieux faire, moi aussi je suis en retard pour mon manuscrit
Tu écris quoi ?
Etude critique sur le DASEIN chez Heidegger... 'revoli mimire
BRETÉCHER

GIBOULÉES

il m'a intéressé le livre que tu m'as prêté
ah ?
oui, ne rigole pas, j'ai appris des trucs
non ?
sur la masturbation par exemple
à ton âge !

oui, je n'avais pas réalisé à quel point il fallait avoir du temps devant soi
alors l'autre dimanche j'ai envoyé Jean-Paul faire du vélo avec les enfants et je m'y suis mise sérieusement
Ça a été POOOOO WOAWW!
bravo ma mine

alors je me suis dit c'est plus possible d'être coincée par le temps je veux rentrer à la maison
tu vois à la limite
alors le dimanche suivant je te vire Jean-Paul aux Puces et les mômes au foot
alors?
alors RIEN!
rien?

rien, nul, je me suis complètement plantée
ça ne veut rien dire... tu n'as pas ré-essayé ?
le dimanche d'après c'était avant-hier et il a plu
finalement j'ai accepté de passer chef de service
BRETÉCHER

UN JOUR MON PRINCE VIENDRA

parole de scout ! et j'en oublie forcément
tu comptes quoi au juste ?
tout
tu veux dire même les coups derrière les portes
absolument
alors ça change tout... je recommence

Pouhh mais je suis taré moi...
c'est fou ce qu'on occulte :
56... 57... 58
14...
Comment ça se fait ?
....
je recommence
58
tu mens !
sur la tête d'Eugène
as-tu compté les femmes ?
ah tu comptes les femmes ? ça change tout...
alors 16 1/2

et tes viols, as-tu compté tes viols?
ah non pas les viols, c'est grotesque
bon admettons: 17
est-ce que tu comptes les rêves?
BRETECHER

18

UN INGRAT

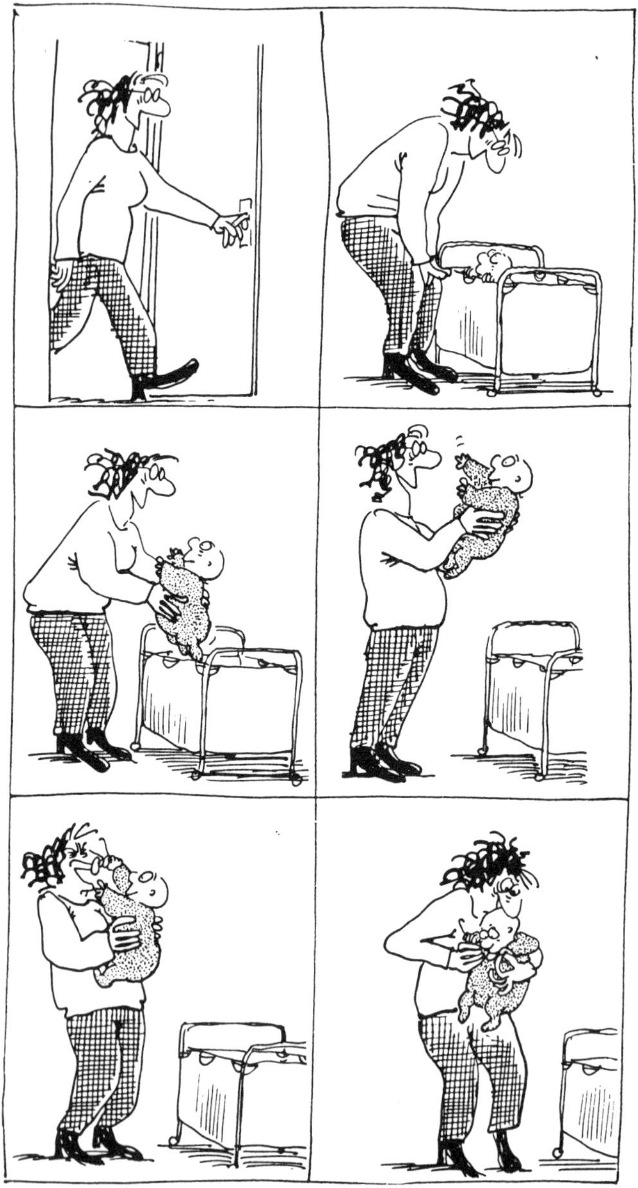

aime-moi pour moi-même
BRETÉCHER

LE VÉCU DU SENTI

maintenant je vois bien que c'est une connerie
t'as qu'à pas le garder...
ça demande trop d'énergie... quand je suis enceinte j'ai aucune énergie
alors garde-le... tu verras tu seras folle de joie
j'ai pas l'énergie non plus

tu me le prêteras... j'adore m'occuper des bébés... on va chercher un nom, ça va être marrant
et puis Stéphane sera un père sublime. où vas-tu ?
je reviens

ça va supprimer tous tes faux problèmes. ça va te donner un but dans la vie
qu'est-ce que tu veux dire...
ben le môme !
je suis pas enceinte
BRETÉCHER

BÉNIE

Bibiche !
alors tu nous fais ça quand ?
dans 1 mois 1/2
tant que ça ?.... j'ai l'impression qu'il y a un an que tu es en cloque... bon courage ma cocotte
MA CHÉRIE

dis-moi tu as l'air dans une forme extra... tu es belle comme tout... tu en as encore pour combien de temps?
-1 mois 1/2 à peu près
quoi?
je n'en reviens pas... il me semble qu'il y a 100 ans que ton union a été bénie
1 mois 1/2? c'est pas possible tu freines!
1 mois 1/2... chais pas comment tu tiens... à ta place je craquerais
ho hello
ça fait un bout de temps maintenant... ça doit être pour bientôt
HIPS
qu'est-ce qu'il y a?

eh...
Booooo
tu veux que j'aille chercher quelqu'un ?
non pourquoi ?
alors ciao... tu me tiens au courant
bien sûr
BRETECHER

DRAME DE LA JALOUSIE

qu'est-ce que tu lui as fait?
jui ai rien fait!
alors che bébé?

ch'est un pauvre bébé cha... il avait le coeur brijé...
cha chuffit maintenant ch'est fini on n'y panche plus
SLAM
ça va ils ont pas été trop chiants ça c'est bien passé?
très bien

Ch'est le gentil mec qui garde les chales mômes de cha gonjèche cha...
... cha mérite une récompenche
BRETECHER

LES MOTS

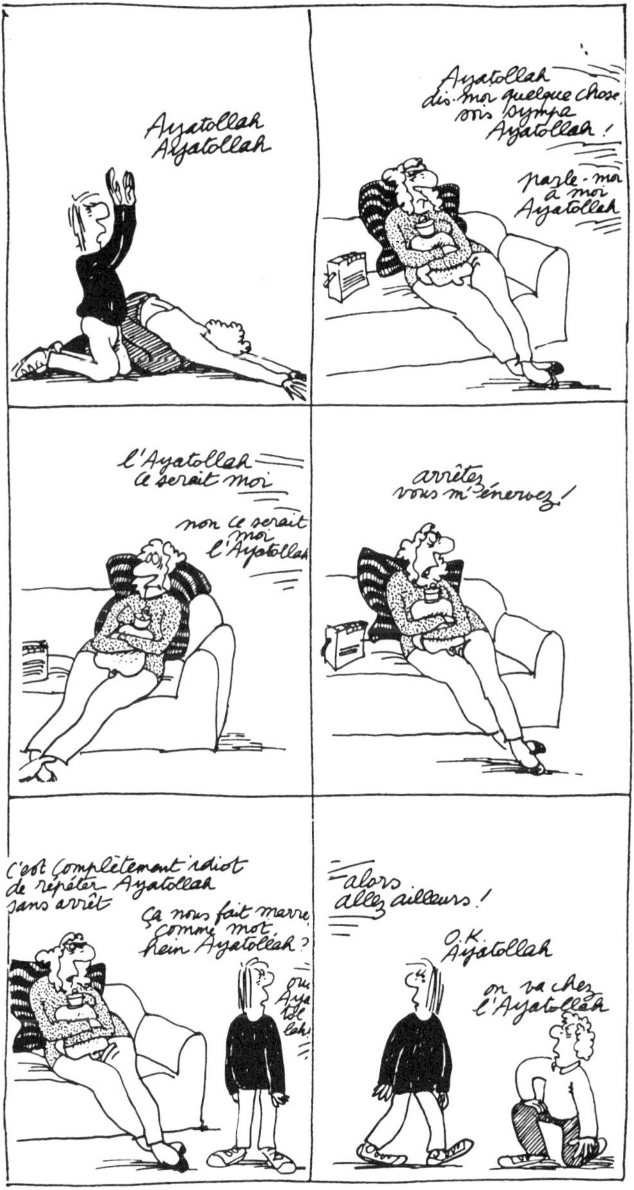
Ayatollah
Ayatollah
Ayatollah
dis-moi quelque chose
sois sympa
Ayatollah !
parle-moi
à moi
Ayatollah
l'Ayatollah
ce serait moi
non ce serait
moi
l'Ayatollah
arrêtez
vous m'énervez !
C'est complètement idiot
de répéter Ayatollah
sans arrêt
ça nous fait marre
comme mot
hein Ayatollah ?
oui
Aya
tol
lah !
alors
allez ailleurs !
O.K.
Ayatollah
on va chez
l'Ayatollah

clic!!
l'ayatollah Kho...
clic!!
ça n'a pas l'air d'aller, qu'est-ce que tu as?
mal à l'ayatollah
BRETECHER

INTÉRIEURS

toutes mes copines ont un studio indépendant et pas moi
ça m'étonnerait
parfaitement.. Guislaine de Kergogran et Bénédicte Godet
et.. et... et...
arrête
Guislaine de Trucmache et Bénédicte Machin sont des petites connasses filles-à-papa...
toi tu as des parents modèle courant

je ne peux jamais rien avoir comme les autres...
on se fout pas mal de mon vécu dans cette famille
si tu veux bien cesser ton cinéma j'ai une chose importante à te dire
je suis enceinte
qu'est ce qu'il y a ?

tu le gardes ?
et alors ?
ā ton âge ?
je ne te demande pas ton avis, je me contente de t informer
tu es complètement folle maman, tu pourras jamais te refaire une sangle
c'est mon problème

et où on va le mettre, dans ma chambre je suppose?
ça suffit!
je suis libre non? d'ailleurs toutes mes copines font des enfants en ce moment
ah ouais?
Régine Després et Viviane Mingot et... et..et...
arrête
BRETECHER

la vraie politesse vient du cœur

... SI AUJOURD'HUI ...
Gersende, Bérénice, Ithier, j'ai à vous parler
c'est son tour d'éplucher les patates, c'est toujours moi qui le fais!
je t'ai vue hier dans le parking
qu'est-ce qu'elle faisait?

c'est quelque chose de très important... Tu te rappelles le docteur Mieumoëlle Bérénice ?
qui c'est ?
qui "est-ce"
moi je m'en rappelle pas
c'était un très bon ami de votre père, ils ont fait leur externat ensemble... je t'ai pourtant montré sa lettre de condoléances, si délicate
ah
Bon. Je viens de le rencontrer dans la rue, il vient exercer à Saint-Glandé...
Ethier tu m'écoutes ?

il m'a proposé de travailler dans son cabinet... je l'ai invité à déjeuner dimanche... je compte sur vous pour être impeccables!
oah... fait chier!
je te prie d'être correcte
maintenant je préfère vous dire tout de suite pour qu'il n'y ait pas de... enfin... le docteur Mieumoëlle est un homme très bien très distingué... euh... il n'est pas laid à proprement parler
enfin j'aime mieux que vous le sachiez: il a un drôle de nez
un drôle de nez?
comment ça?
quel genre de drôle de nez

un nez pas très beau... enfin je ne sais pas... enfin je suppose que ça ne peut pas s'opérer...
... enfin c'est un nez qui peut pousser des gens mal élevés à faire des réflexions... enfin le pauvre homme en souffre probablement... alors écoutez-moi bien !
au moindre ricanement, au moindre clin d'oeil au moindre aparté ou même à la moindre allusion involontaire...

JE VOUS INSCRIS TOUS AUX SCOUTS !...
je ne le répéterai pas, que ce soit compris une fois pour toutes
n'est-ce pas Ithier ?
et ne te gratte pas là !
ça doit pas qu'un peu le gêner pour lever les nanas !
moi jamais je me ferais un mec qui aurait un nez comme ça !
il doit être un peu chouette le mec !

manman si tu as ce boulot par le mec au nez est-ce que je pourrai prendre des cours de tennis ?
si elle va au tennis y a pas de raison que j'aille pas à la danse
est-ce que je pourrai avoir un Goldorak géant ?
on verra

c'est à Préfailles que nous nous sommes rencontrés la première fois n'est ce pas?
Je ne crois pas... je n'ai connu Gérard qu'en 59 et "les Tamaris" avaient déjà été vendus
bien sûr, je me souviens! Gérard nous a présentés l'un à l'autre le fameux jour où la chorale a donné la Messe à Saint-Nicolas
c'est cela... vous aviez un costume bleu-marine

pardon, gris anthracite
vous êtes sûr ! pourtant j'aurais juré... c'est très curieux comme on peut garde une couleur en tête... c'est comme pour les odeurs
oui d'ailleurs j'ai eu une impression tout à fait similaire le jour où Brie Comte Robert a battu Saint-Etienne... à propos vous rappelez vous la petite librairie où nous allions Gérard et moi nous jeter sur le dernier Sartre
au coin de la rue Lecoin et du passage Delarue ?
moi je m'en rappelle
tu peux pas t'en rappeler t'étais même pas n...

quel âge as-tu Ethier ?
8 ans 1/2
Bérénice ma chérie veux-tu être gentille et t'occuper du café
pendant que Gersende débarassera
je reconnais les linogravures de Gérard, il m'en avait donné une... quel caca !
oui nous y tenons beaucoup il avait tout à fait intériorisé la notion d'excrément

merci ma chérie, maintenant vous pouvez aller les enfants... le docteur et moi nous avons à parler
PFou
PFou
PFou
vos enfants sont charmants et remarquablement bien élevés
j'ai essayé de remplacer leur père, ce n'a pas été facile tous les jours
j'imagine en effet

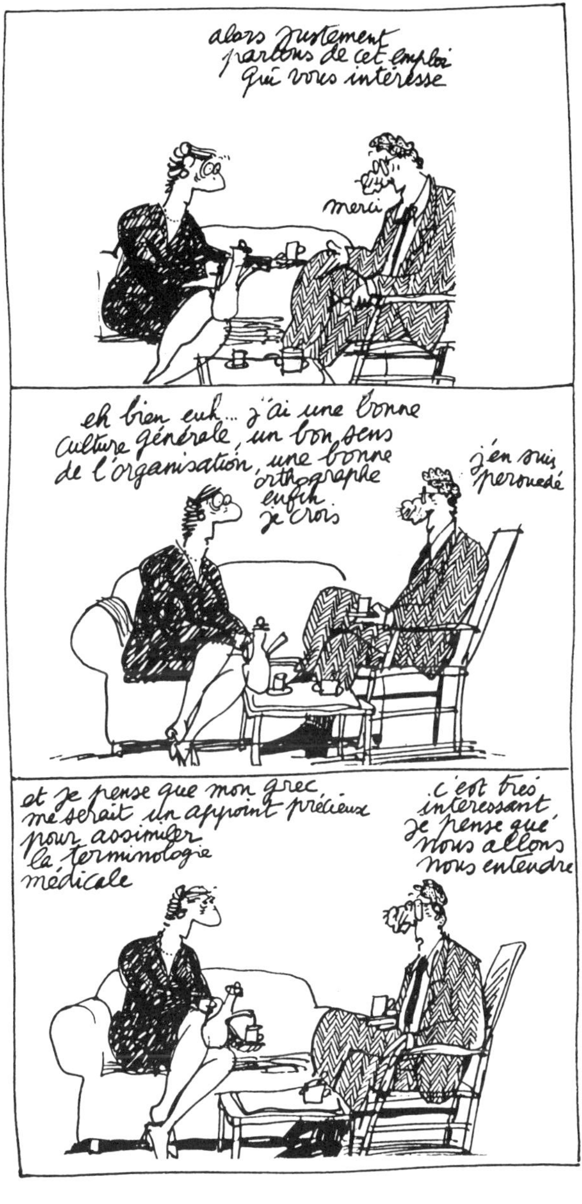
alors justement parlons de cet emploi qui vous intéresse
merci
eh bien euh... j'ai une bonne culture générale, un bon sens de l'organisation, une bonne orthographe enfin je crois
j'en suis persuadé
et je pense que mon grec me serait un appoint précieux pour assimiler la terminologie médicale
c'est très intéressant je pense que nous allons nous entendre

Mon Dieu ce serait tellement merveilleux !
Combien de sucres dans votre nez ?
BRETECHER

Imprimé en France par I.M.E. - 25110 Baume-les-Dames
Dépôt légal : Mars 1987
N° imprimeur : 8360

PRESSES POCKET, 12, avenue d'Italie, 75627 Paris Cedex 13
Tél. : (1)44.16.05.00